DONDE ME LLEVEN TUS ALAS

- SOFÍA ZERMOGLIO -

ISBN:0985464119
ISBN-13: 978-0985464110

Las imágenes contenidas en este libro son propiedad
de Agustín Inchauspe.
La edición de este libro estuvo a cargo de Marcela
Sambrana -

"...delante hay una mentira comprensible
y tras ella reluce una verdad incomprensible."
Milan Kundera

Lita, mi inspiración.
Martín, mi amor.
Verónica y Jorge, mis mentores.
Este libro es por ustedes.

Agradecimientos

A las familias que acompañan mi vuelo:
Zermoglio - Ardoy - Inchauspe - Tscherning
Agustín Inchauspe - A mi hermano
A Earl Brien, y cada uno de mis médicos, que
durante estos largos años supieron mantener
fuertes mis alas para que nunca dejara de volar
A Lidia Rubinstein - Donald - Nelly - Leo
Silvia - Marisa Rosenthal
Al Kaimancito y todos mis amigos de Argentina,
mis queridas chilenas, a los nuevos y a los de
siempre por apoyarme y alentarme en mis
proyectos - A toda mi familia angelina
A las chicas de Llegaron las Mujeres
A todos aquellos que sientan en el corazón que
estas letras les pertenecen
A las pequeñas piedras que fui encontrando en
el camino, porque me han hecho más fuerte
A los que luchan a diario contra una enfermedad
y sin embargo mantienen siempre una sonrisa
A Lola y Domingo

En memoria de Diego Coscia, María Dolores
Eduardo Daniel Segovia

Donde me lleven tus alas

Primera parte:
El encuentro

I

LLEGUÉ a la esquina sin lograr resguardarme de la lluvia que caía copiosa sobre mi rostro. En vano intentaba meter los cuadernos debajo de mi campera mientras esperaba que el semáforo cambiara. Luz verde y nuevamente me lancé a la corrida.

Todavía era de día, uno de esos grises y oscuros. Podía ver las gotas cayendo a través de las luces amarillas de los autos que esperaban su turno. Con un pequeño salto evité meter los pies en un gran charco de agua; finalmente estaba a salvo en la otra vereda.

Además de intensas lluvias que pregonaban un frío invierno, marzo había traído el comienzo del segundo año de mi carrera universitaria.

Allí estaba yo, parada en el medio de una gran galería, empapada de pies a cabeza. La ropa húmeda pegada a mi cuerpo me impedía moverme con facilidad. Estaba molesta y sentía frío. Quise sacudir las gotas que caían de mi campera, pero desistí al verme frustrada en el intento. Tenía el pelo aplastado sobre la cara y la gente que pasaba al lado mío me empujaba, era como si no existiera; aquel no había sido un buen día y no había indicios de que fuera a mejorar.

La cartelera en la que buscaba la clase X710, tampoco era de ayuda. La falta de claridad y organización, propia de aquel establecimiento, estaba sacándome de las casillas. Miré en derredor buscando alguna oficina con un cartel que dijera "Información". Cuando al fin la encontré, sentí alivio al ver que había una cola enorme de gente tan perdida como yo buscando ayuda; me sentí levemente acompañada en mi naufragio.

De repente escuché los gritos de una señora parada en medio del gentío pululante:

-Los que estén buscando la clase de sociología X710 es en el subsuelo. Sociología: aula 57, en el subsuelo, por la escalera de la derecha por favor. Tranquilos, tranquilos, no empujen que hay lugar para todos -.

-Como caída del cielo - dije en voz alta, sin dejar de salir de mi asombro que semejante vozarrón saliera de una mujer tan pequeña.

Divisé las escaleras que bajaban y me dirigí a mi destino.

Bajé despacio y con cautela. Me imaginaba resbalando y cayendo por los escalones mojados frente a la mirada burlona de todos.

- No puede pasarme eso - me repetía en secreto mientras una sonrisa de vergüenza se dibujaba en mi cara de pánico.

A salvo de mi desgracia imaginaria, terminé de bajar las escaleras y un aire contaminado por el humo de cigarrillo se apoderó de mis sentidos. Me dio asco.

Aquella sonrisa que los pensamientos de ridículo me habían sacado, no sólo no duró ni un solo minuto, sino que se deshizo en el rancio aire del encierro.

Era el aula de un subsuelo, con paredes que chorreaban la lluvia que entraba por los ventiluces casi pegados al techo y luces tan blancas y cegadoras como las de un quirófano.

A pesar que había llegado con tiempo, sabiendo por experiencias previas que era factible encontrarme con el aula casi repleta de alumnos, el escenario era aún más frustrante.

Volví a maldecir en silencio, en el murmullo constante a un volumen alto, en el humo desprendido por bocas que se achicharraban en cada pitada de sus cigarrillos. Mala visión, mal día.

Permanecí unos minutos parada inmóvil en la puerta, con mi atención fijada en las ventanas, desde donde podía ver los zapatos de la gente que pasaba por la calle, corriendo bajo la incesante lluvia. Rápidamente tuve que dejar de lado la imagen de aquellos pies apurados ya que era mucho más importante buscar un asiento para instalarme.

Miré entre los lugares que veía todavía vacíos. Tenía dos opciones: conseguir algo medianamente adelante o sentarme en alguno de los bancos desocupados del final del aula. La segunda opción, tal vez implicaría desde el primer momento una no muy interesante reputación de mal estudiante o de alguien no muy interesado en prestar atención. Aún no conocía al profesor y la verdad era que no quería que se llevara aquella primera impresión de mí.

Yo misma tenía ciertos prejuicios con la gente que se quedaba en el fondo: muchos creen que tienen ciertos privilegios para hablar a cualquier volumen y lo hacen con tanta tranquilidad que impiden con sus risas que la voz del profesor llegue a todos los rincones del aula.

- El fondo es de los vagos - reconfirmé la idea internamente. De aquellos que están hace años en la universidad ocupando lugares y gastando su tiempo no sin un poco de caradurismo. Molestando, además, a los que vienen con ganas de aprender de aquellos que tienen tanto para enseñar.

Volví a levantar la vista y estiré el cuello buscando ese lugar adecuado, pero para mi suerte, con la cantidad de alumnos que había, no me costó demasiado.

Lo descubrí en un costado. En la primera fila, tal como lo esperaba, tal como me gustaba. Bien cerca, para no perderme ningún detalle.

Me abalancé corriendo hacia él como si fuese el lugar más preciado del aula, tiré los cuadernos medio doblados y sentí un alivio enorme al apoyar mi cuerpo húmedo contra el duro respaldo de la silla. Lo había conseguido.

Mi reloj decía que todavía debía esperar que pasara un poco más de tiempo hasta que la clase comenzara por lo que presté atención a mi banco. Tenía huellas de algún que otro aburrido y dañino personaje. Hice esa interpretación de los garabatos grabados en el lugar que hoy yo estaba ocupando. Aquellas leyendas absurdas, incluso groseras me arrastraron a un universo de pensamientos rápidos e incongruentes.

Ya era tarde y podía sentir en mi cuerpo el cansancio de un largo día de trabajo. La mochila de problemas que no me dejaban descansar en ningún lugar. Cerré los ojos intentando aplacar el murmullo que brotaba sin parar de aquellas bocas verborrágicas, llenas de palabras sin sentido.

De repente, sobre todas las voces que era capaz de distinguir, una en particular se convirtió en grito. Poniéndome en alerta, me obligó a salir del letargo, del paño frío que había puesto sobre los minutos cansados.

-¡Permiso! te estoy pidiendo permiso, pibe, ¿no me escuchas? Yo seré paralítica pero vos sos sordo, ¡tarado! ¿A vos también te voy a tener que gritar, piba? ¡Dale, loca, media pila! No estoy jodiendo -.

Extraño personaje que volvía a la engorrosa tarea de moverse entre la gente, llevaba la cabeza de lado a lado en un contundente gesto de negación. Por lo bajo continuaba haciendo comentarios en un tono inaudible, que a juzgar por su cara no eran de lo más suaves, aunque sí de los más sinceros.

Tenía en las manos unos guantes de cuero con los dedos cortados. Lo que sobresalía de aquellos dedos pequeños y mojados era el colorido entre rojo y morado ocasionado por la fuerza que hacía para empujar la silla de ruedas que la trasladaba. Todos la miraban como si su situación fuese extraña. Eran miradas vacías, llenas de indiferencia, pues nadie se acercaba a ayudarla.

Ninguno de los que estaban allí reparaba en el hecho que esta chica venía arrastrando el peso de su cuerpo. De un cuerpo inerte, incapaz de cumplir con sus funciones normales. Sus brazos cargaban las piernas que se habían olvidado de lo que era moverse. Piernas sin músculos, sin esencia. Inanimadas.

Sin embargo detrás de esa aparente imagen de fragilidad, era posible ver fuerza en aquel rostro. Y que en aquellos brazos, ella tenía las piernas. Y que eran esos hombros los que tenían unos músculos grandes y desarrollados para trasladarla.

Ni la lluvia intermitente, ni los autos con sus bocinas que chocaban contra su silla - una silla de ruedas que no entendía de señales de tránsito - habían logrado detenerla.

En ese momento ella había conseguido llegar hasta allí por sí misma y ahora estaba compartiendo el lugar con todos los que la miraban. En aquel aula llena de humedad y olores

Era como que las ganas de seguir adelante sin ese primer impulso motor que son las piernas, eran innatas en su ser.

Estaba conmigo, con todas mis quejas y mi malhumor por haber tenido que venir corriendo. Con la lluvia, con la gente, con las mil y una razones que encontramos siempre para poner cara de malos y sumarnos más y más arrugas a las amarguras.

Me pregunté cómo habría hecho para bajar las escaleras con aquella silla ya que no había visto un ascensor, aunque en realidad ni siquiera había prestado atención a ello.

Pero era hora de que saliera de aquellos pensamientos egoístas que me sujetaban, tomé valor y sin más me puse de pie y salí de mi comodidad mientras le estiraba la mano. En el simple contacto noté que la de ella todavía estaba húmeda.

Cuando me miró, su cara era la cruel señal del agotamiento, del desgano. Intenté ayudarla a abrirse camino. No dejó de verme directo con ojos que parecían extrañados, como si nunca nadie antes le hubiese estirado la mano. Bajó los párpados en cámara lenta y yo tomé eso como señal de agradecimiento.

Fue entre las dos que logramos que pasara, terminó por ubicarse adelante, a unos pocos centímetros de mí. Cuando finalmente estuvo instalada, volví a mi lugar. Decidí no entablar más contacto por lo que procuré hacerme la ocupada. Tomé el único libro interesante que tenía y haciendo un gran esfuerzo intenté leer el prólogo por más de tres o cuatro renglones. Aunque no levantaba la vista, sentía el peso de sus ojos en mi frente gacha.

Para mi alivio fue el profesor quien me sacó del apuro. Entró escoltado por dos ayudantes de cátedra, y no necesité seguir disimulando.

II

ERA un hombre bastante entrado en años. Llevaba un prolijo piloto y una gorra de estilo inglés. Disfruté al ver su correcta apariencia. La elegancia que traía consigo contrastaba con el desprolijo lugar en el que había entrado. Dejó su portafolio sobre el escritorio mientras intercambiaba unas palabras con sus acompañantes. A juzgar por la actitud de los tres, había hecho algún comentario gracioso ya que todos sonreían. Sin embargo, cuando levantó la vista y miró a la clase, ya no había una sonrisa dibujada en su rostro.

Luego de unos minutos me resultó fácil apreciar la transformación de aquella cara tranquila a una de enojo o tal vez, de frustración. Poco a poco sus cejas se fueron arqueando.

Parado en medio de un aula que no lograba quedarse en silencio.

Sin esperar más y tal como lo había predicho cuando entré al salón, sólo los que estábamos adelante lo escuchamos decir que no venía a dar una clase a un grupo de maleducados sin intención de aprender. Que serían los ayudantes quienes nos guiarían en un trabajo práctico que implicaría la mitad de la nota final de lo cursado. El resto sería un examen. Puntualizó y habló en general de los capítulos más importantes del libro. Dictó preguntas, señaló objetivos y ante la imposibilidad de lograr un silencio prolongado de más de dos minutos, saludó amablemente a los que lo escuchábamos en el frente, entregó la posta a sus acompañantes y ante mi amarga sorpresa, dio media vuelta y se marchó.

Su temple correcto desfiló por el pasillo abarrotado de gente. A pesar de su impecable andar, percibí el cansancio de los años sobre aquel cuerpo oxidado. Lamenté que se fuera y lo seguí con la mirada hasta que se perdió de mi vista en las escaleras.

Volví mi atención a los que quedaban al mando de aquella desordenada situación. Uno de los ayudantes aclaró que para el trabajo debíamos formar grupos de hasta tres personas.

A su vez había que ponerse de acuerdo y decidir con qué compañeros íbamos a trabajar y dejar un papel con los nombres de los integrantes del grupo sobre el escritorio del frente antes de que terminara la clase.

Se suponía que a nivel universitario la gente sería capaz de armar grupos medianamente heterogéneos y las telenovelas de peleas y malos entendidos habían quedado atrás, en tiempos adolescentes del secundario. Yo tenía mis dudas. Incluso hasta sentía pánico de tener que trabajar en grupo con alguno de los imberbes que tenía a mi alrededor.

Sin pensarlo giré hacia ella. Todavía no sé qué sentimiento interior fue el que me movilizó a mirarla, pero mis ojos celestes se hundieron en sus ojos castaños. ¿Acaso ella estaba esperando que la mirase?

No me habló ni yo le hablé, simplemente volvió a asentir con un movimiento de cabeza y mi voz resonó alta en un:

- Dale -

Sin esperar más, abrió su cuaderno, cortó una hoja y durante unos segundos garabateó apurada y estiró su mano con el pedazo de hoja cortada hacia mí.

Daniela Neyman, leí en el papel y escribí el mío seguido del de ella. Luego me levanté a dejarlo sobre el escritorio de los que dirigían aquella clase.

Casi como pacto entendido y silencioso, ninguna de las dos invitamos a nadie más a formar parte de nuestro grupo. Experiencias previas me habían demostrado que en definitiva nadie quiere a una especie de "nerd" y mucho menos a una chica en silla de ruedas en su equipo. Evidentemente Daniela también había pasado por la misma experiencia.

La clase entera comenzó a moverse: unos gritaban sobre los hombros de otros, armaban sus grupos, se invitaban, escribían y también fueron dejando los papeles con sus nombres sobre los nuestros.

Mientras esperábamos que todo volviese a la normalidad, miré a Daniela, que sentada allí se veía chiquita, casi perdida entre los hierros que la envolvían. Tal vez de haber entrado caminando, también me hubiese resultado igual de pequeña, pero seguramente no hubiese llamado tanto mi atención.

Una aparente fragilidad, supongo que por la flacura que mostraba, se escondía detrás de esos ojos angustiosos, de los rulos largos entre marrones y colorados que colgaban todavía húmedos y desarmados.

La chica que tenía sentada al lado mío me acercó un nuevo papel que llegó a mi banco directo desde el de mi nueva compañera de grupo. Nuevamente me encontré escrito su nombre y justo debajo, un número de teléfono. Sin perder tiempo imité los movimientos y cortando una hoja, garabateé el mío y se lo pasé. Seríamos compañeras de equipo y era indudable que necesitaríamos de ahora en adelante estar en contacto, por lo que era fundamental que compartiésemos nuestros datos personales.

Las casi dos horas que restaron de clase pasaron lentas y aburridas. Fue recién hacia el final cuando una de las ayudantes tomó lista. Escuché atenta el nombre de mi compañera en voz alta por primera vez, proveniente del grito en alto de una persona que hasta ese momento también me era una completa extraña.

Era imposible explicar qué era lo que me causaba tanta curiosidad en mi nueva compañera: ¿era acaso ella, en sí misma, con su menudez y sus rulos colorados? ¿era su silla pesada o tal vez la actitud agresiva que había visto en su entrada?

Finalmente la clase concluyó.

Para salir la gente se agolpó en la puerta, y sin titubeos vi moverse a Daniela con rapidez. Intentando alcanzarla me abrí paso entre la multitud y llegué hasta ella. Le dije que no se preocupara, que no hiciera fuerza, yo podía empujarla y así lo hice.

Seguí su voz que me guió hasta un pasillo que no había visto nunca, allí había un ascensor antiquísimo. El viaje era corto, pero fue muy lento. Cuando finalmente llegamos, volví a pegarme a sus espaldas para acompañarla en el recorrido hasta la puerta principal. En el camino Daniela elevó un descargo gritando sobre su hombro izquierdo para que yo pudiera escucharla. La poca empatía de la gente frente a ella, que vivía su vida desde una silla de ruedas y lo complicado que era moverse en una ciudad que no estaba preparada para discapacitados fueron los principales temas de su queja. Sin embargo, reconoció que aunque la gente la mirara con cara de bicho raro, por suerte, siempre había en su camino algún alma caritativa dispuesta a ayudarla.

Empujarla y escucharla me llenó de una sensación extraña. Me sentí invadida por una mezcla de lástima y admiración o algún otro sentimiento de ese estilo. Lástima, de verla tan pequeña arrastrando un cuerpo cargado de energía. Admiración, pues no podía dejar de verme a mí misma reflejada en esa silla. Tal vez si yo hubiera estado en su lugar, no habría podido avanzar ni un sólo centímetro por mis propios medios.

Entre los pensamientos que cruzaron por mi cabeza al escucharla, entendí que Daniela vivía una vida en la que gran parte de sus días, dependía exclusivamente de otros.

Afuera continuaba lloviendo. Resguardadas bajo el techo de la entrada acomodé mi cabeza bajo la capucha de mi campera. Daniela dijo que esperaría a su madre, quien seguramente no tardaría en llegar. Yo me preparé mentalmente para lanzarme una vez más bajo la lluvia molesta de la noche ya cerrada. Seguido de un saludo, corrí a la parada de colectivo.

- Chau y ¡gracias! - escuché que decía con un grito y las palabras llegaron ahogadas bajo las gotas que golpeaban mi campera. Dudé si tal vez no tendría que haberme quedado a hacerle compañía, pero tenía una hora de viaje hasta mi casa, eran pasadas las diez de la noche y al día siguiente, como siempre, tenía que levantarme al alba para no llegar tarde al trabajo.

Cuando subí al colectivo, observé con alivio que había lugares vacíos. Me senté contra la ventana y apoyé mi cabeza cansada sobre el vidrio helado. Calenté las ideas soñando con la ducha vaporosa que me esperaba en casa. El movimiento inconstante del vehículo en las gastadas calles porteñas me envolvió en un sueño ligero, pero tranquilo.

El resto de la semana no dejé de cuestionarme el sentimiento de lástima que Daniela había depositado en mí. Una fuerte presión en el pecho a la que no le encontraba razón aparente, me llenaba la conciencia de malos pensamientos. Supuse que no le haría ninguna gracia saber que generaba esa incómoda sensación en la gente con la que compartía su vida. La idea continuó torturándome por un buen rato; era incluso desmedida, por momentos confusa y me molestaba.

Después de varios días con el tema en la cabeza, me di cuenta que en algún lugar profundo en mi inconsciente, lo que Daniela me generaba era un terrible miedo. Miedo a su silla, miedo a la situación en la que ella estaba, miedo a estar yo también de alguna forma paralizada. Miedo de mirarla directo a la cara y hundirme en los ojos de alguien que no sentía el mismo placer que yo al caminar, al correr.

Daniela estaba imposibilitada de hacer aquellas cosas que para la gran mayoría de personas son tan normales, tan simples. No tenía idea desde cuándo ella era incapaz de hacerlo, tal vez desde niña, por eso se la veía actuar con tanta naturalidad. Tal vez podía haber sido causado por algún horrible accidente o una complicada enfermedad. Cualquiera fuese la circunstancia, yo no tenía derecho de estar a su lado para recordárselo, ni para que al mirarla ella sintiera que la observaba con ojos de inmensa pena, sino todo lo contrario, debía ser simplemente su compañera de estudio. Y ella, la mía.

Eso tenía que ser todo.

III

LOS encuentros con mi nueva compañera y amiga Daniela se prolongaron durante todo el invierno. Ninguna faltaba a clases. Ella era tan puntual como yo. Por primera vez tenía una compañera de equipo con quien trabajar a la par.

Daniela era inteligente, aplicada y muy observadora. Si bien nuestros encuentros se limitaban a la gran aula del edificio que cada vez estaba en peor estado, habíamos hablado un par de veces por teléfono. Eran conversaciones precisas que se limitaban a confirmar o aclarar detalles de nuestro proyecto en común. Más allá de eso, no sabía de su vida, ni había logrado desentrañar las dudas que me habían consternado en un principio. Pero con el paso del tiempo, mirar a Daniela a los ojos se me fue haciendo mucho más fácil. No resultaba complicado ver a la chica inteligente que se escondía tras los rulos alargados.

Era locuaz y aunque tenía pensamientos rebuscados, era muy divertida.

El nihilismo que profesaba combinaba perfectamente bien con su ropa, siempre de color negra o, en su defecto, de alguna tonalidad oscura. Dijo que había fumado cigarrillos alguna vez, pero ahora era gracioso ver cómo ahuyentaba a los gritos a los que osaban a prender un pucho cerca de ella.

Aunque era pequeña, tenía un carácter y una energía capaz de intimidar a cualquiera. Distinguía a la perfección la ayuda por lástima de aquella que llegaba sincera. En su vida no había lugar para penas, ni siquiera propia. Sus quejas eran contra el mundo, nunca contra su condición. No era menos que nadie y era evidente que convertía las limitaciones en desafíos.

Había tenido que reconocerme a mí misma lo feliz que estaba de haber tomado aquel primer día, incluso con la nube de dudas que me envolvía, la decisión de ser su compañera. Hasta había despertado en mí ganas de ir tras algunos sueños y anhelos que tenía dormidos. Yo estaba contenta con el equipo que habíamos formado sin conocernos.

Ella también lo estaba conmigo.

IV

LOS meses pasaron tan rápido que casi sin darnos cuenta julio nos pisaba los talones. Faltaba poco tiempo para la entrega final del Trabajo Práctico en el que veníamos tan abocadas desde las primeras semanas de marzo. Fue entonces cuando por primera vez Daniela propuso un encuentro en su casa. No lo dudé, por el contrario asentí sin pensarlo. Nos tomaríamos un día entero para terminar de darle forma y ya quedarnos tranquilas con las cuestiones de los tiempos y los detalles menores. Queríamos terminar y por supuesto, que estuviese perfecto.

Al día siguiente pedí permiso en mi trabajo. Iba a necesitar tomarme uno de esos días de estudio que por ley me correspondían y yo no solía utilizar. Cuando los permisos estuvieron otorgados, a nosotras no nos costó mucho ponernos de acuerdo y tras una llamada telefónica arreglamos que nos veríamos el siguiente jueves, bien temprano.

- Vivo en Pueyrredón y Corrientes, ¿ubicás? - el tono de mi sí sonó apagado ya que la voz de Daniela seguía llegando desde el otro lado del tubo:

- Te espero con mate - dijo y continuó dando un par más de indicaciones y detalles sin esperar mis respuestas. Antes de cortar terminó con un:

- Dale, nos vemos.

Se notaba contenta con mi futura visita.

V

ERA casi imposible no conocer dos de las esquinas con más tránsito de la Ciudad de Buenos Aires. Me pareció una locura que viviera exactamente allí, porque durante años me había preguntado cómo había gente capaz de vivir en el devenir constante de los autos con sus bocinas y sus luces. Barullo de calles porteñas que no se callan. Y justo allí, en esa esquina, no paran ni un segundo.

Por otro lado, yo no vivía tan lejos, pero en esta ciudad es factible encontrarse con un mundo completamente diferente con sólo doblar la esquina.

Aquella mañana amaneció soleada y fresca. Ya no hacía tanto frío. No puedo decir con certeza si era el invierno que se había calmado o acaso era la primavera que poco a poco se venía acercando. No estaba segura.

De todas formas, con ese clima ideal, podría haber caminado hasta la casa de Daniela, pero me encontré invadida por una fiaca incontrolable. Decidí tomarme el colectivo.

En la parada dejé que el sol pegara directo mi cara, en mis ojos aún con sueño y sin anteojos. Disfruté el no estar corriendo apurada para llegar a horario a mi trabajo. Sería un día diferente a mis monótonos y rutinarios días porteños. Además estaba ansiosa y entusiasmada ante la perspectiva de conocer más sobre Daniela.

Todo el camino fui intentando imaginar el futuro escenario que me esperaba. ¿Cómo sería su casa, su lugar? Iba tan metida en mis pensamientos que cuando presté atención nuevamente, me había pasado por varias cuadras la parada.

Me reí de mí misma recordando mis primeros pensamientos matinales de no querer caminar ni una cuadra y ahora me encontraba volviendo atrás el camino andado ... por el colectivo, pero andado a fin.

Una cuadra antes de llegar al edificio de mi compañera, el suave olor a pan recién horneado me tomó de las narices: paré a comprar unas medialunas que humeaban. Apoyé la mano en el papel blanco que las envolvía para sentir el calorcito que desprendían. Ahora tendríamos con qué acompañar el mate que había prometido. Y tuve que hacer un esfuerzo para resistir la tentación de comerme una antes de llegar.

La casa de Daniela quedaba justo en la vereda contraria a la que yo caminaba, por lo que sin prestar mucha atención al alocado tránsito mañanero, me lancé corriendo por el medio de Avenida Pueyrredón.

Escoba en mano, el portero estaba parado en la puerta del edificio. Noté la rampa para discapacitados que seguramente habrían puesto allí por mi amiga. Y la voz de aquel hombre, con cierta tonada al hablar me dijo:

- ¿A quién andas buscando? -

- Daniela – dije, como que fuese la única chica con ese nombre en todo Buenos Aires.

- ¿La de la silla? - dijo mirándome con ojos cargados de intriga.

Asentí con un movimiento brusco de cabeza.

- 3° "A". Ni le toques timbre - me advirtió. - A esta hora ya está sola y no va a poder atender el portero electrónico-.

- Gracias – dije dando por terminada la conversación que no me resultaba agradable y, a pesar de su comentario, toqué el botón que marcaba el 3º "A" y entré al edificio.

La experiencia de vivir en una ciudad tan grande como Buenos Aires, abarrotada de gente y edificios, me hizo suponer que el balcón de la casa de Daniela daría directo a la calle. Deduje esto, porque generalmente las letras hacen referencia a la ubicación del departamento en el plano del edificio. Por lo que los "A", siendo los principales, eran los que daban sobre la calle.

Lo que nunca hubiese sido capaz de imaginar era que vivir allí fuera tan complicado. Lejos estaba de los peores escenarios con los que alguna vez había fantaseado en el constante ir y venir por estas esquinas.

Al bajar del ascensor, una puerta entreabierta mezclaba la penumbra que estaba instalada por completo en aquel pasillo, con la pobre luz que salía del departamento "A". Entré y cerré la puerta a mi paso.

Todo estaba frío, oscuro y era antiguo. La casa tenía ventanas que era imposible abrir en todo el día, por lo que apenas algunos rayos de sol se colaban entre los edificios que nos rodeaban. Era imposible sentir el calor de ese sol que entibiaba la mañana.

Una extraña sensación de angustia me invadió por completo, parecida tal vez a aquella que había experimentado los primeros días de conocer a Daniela.

La habitación en la que entré estaba abarrotada de libros, adornos y lámparas; daba la sensación de que las paredes se nos caerían encima.

Demasiada información visual, sobre todo para mí, que vivía en un vacío departamento típico de chica del interior del país, que estaba en la gran ciudad simplemente para estudiar. Que no gastaba en muebles, ni en ningún otro tipo de lujos. Que simplemente quería recibirme lo más pronto posible para volver a mi pequeño pueblo, sin tantos autos, sin tantos ruidos, donde la gente en la calle me saluda por mi nombre.

Pero ahí estaba Daniela, con su sonrisa contenta. No paraba de hablar y de darme su cálida bienvenida que contrastaba notablemente con mis pensamientos.

Ella estaba ya instalada, sentada en la esquina de una mesa con un mantel de plástico con dibujos de flores grandes, con unos cuadernos de lado y con su brazo estirando directo hacia mí un mate recién preparado.

Su cálida y amistosa imagen me trajo de vuelta y procuré olvidarme de las sensaciones raras. Por supuesto también devolví la sonrisa con igual muestra de cariño. Esperé que no hubiera sido capaz de percibir mi estado de perturbación, aunque a juzgar por lo que pasaría más tarde, Daniela no pareció haberse sentido incómoda conmigo en ningún momento.

Me senté a su derecha. Moví la cabeza buscando algún detalle que me permitiera hacer un cumplido. Uno de esos que se estila cuando se entra a un nuevo lugar. Normas de buenas costumbres. Fue en vano y disimulando, volví a mi estado neutral.

A través de las ventanas las copas de los árboles altos casi no se movían, parecían una pintura. Presentí que esas ramas no dejaban escapar cantos de pájaros. El ruido de las bocinas y el congestionado pasar de los porteños llenaba el espacio auditivo por completo.

Trabajamos todo el día con unas luces de baja intensidad prendidas. Tomamos unos mates en un jarrito de lata, por lo que la mezcla de yerba y agua, sabía más a metal que al verdadero sabor del porongo tradicional matero al que, como chica del interior del país, estaba acostumbraba. Pero Daniela no sabía de diferencias y hasta tal vez a ella le hubiera resultado extraño si yo la convidara con uno de los míos, de esos que sabían tan amargos y que yo creía que era la única forma de tomarlos o de cebarlos, bien provincianos. Sin dudas yo no perdería mí título de "experta matera" por olvidarme una vez de mis tradiciones y dejando de lado diferencias sin sentido, di rienda suelta a mi necesidad de unos ricos mates mañaneros.

- Arriba, a la derecha, la última puerta al lado de la heladera, ¿encontraste? Bueno, el cuchillo está en el segundo cajón contando desde la puerta. Las servilletas deben estar arriba de la heladera. ¿Encontraste todo? - las preguntas llegaban mezcladas con una risa divertida.

Su voz, desde la otra habitación me guió por la cocina y cuando hube conseguido todo, volví airosa al comedor. Tal como lo había esperado, las medialunas tenían eso esponjoso y especial de las panaderías de barrio que sí, se encuentran en la gran ciudad.

VI

NOS PUSIMOS manos a la obra y trabajamos concentradas, leyendo, repitiendo, corrigiendo. Bajo ninguna circunstancia me dejé llevar por las ganas de charlar, preguntar o de animarme a esclarecer alguna de todas las dudas que me surgían sobre su historia personal.

A media mañana, mi cabeza estaba tan llena de ruidos externos, agotada de una lectura sin descanso. El ruido constante de la ciudad en movimiento que se colaba por la ventana me tenía un poco nerviosa. ¿Cómo era posible vivir en semejante barullo? Sin embargo tampoco fue el momento de parar. Volví a la cocina calenté agua y cambié la yerba del mate. Renovada la fuente de energía, continuamos.

Casi al medio día alguien tocó el timbre. Para nuestra sorpresa, su madre, desde algún punto de la ciudad, había decidido el menú por nosotras y nos había mandado   milanesas con papas fritas. Agradecí la pausa, porque mi estómago había comenzado una cantaleta reprochona de lo más sonora. Una vez más, la voz de mi compañera fue la que me guió por la cocina en busca de todo lo necesario para comer.

En este momento tampoco hubo lugar a charlas informales, preferimos dejar el recreo para más tarde, aunque nos reímos un rato de alguna que otra anécdota divertida.

Las horas siguieron su curso normal, aunque yo las sentí eternas y pesadas. Eran casi las cuatro y necesitaba tomar un poco de aire. Me levante para estirar las piernas, fui al baño y mojé mi cara con agua fría.

El espacio era muy reducido. No es que fuera raro ya que la mayoría de los ambientes en los edificios de esta ciudad no tienen lo que se dice demasiado espacio extra, pero la diferencia era que Daniela usaba una silla.

Era imposible que ella cupiera con su silla en ese lugar.

El pasillo, de vuelta a la mesa donde trabajábamos, me devolvió las caras de dos puertas cerradas...

Todo me daba intriga.

Volví a mi lugar, levanté la vista una vez más, y como tantas otras veces, miré Daniela y su silla. Me dejé llevar por la sensación húmeda y fría de mi rostro recién despabilado por el agua y salí de mi encierro de horas de estudiante modelo para explorar más el lugar donde ella vivía.

¿Era éste su nido? ¿Estábamos, acaso, en su burbuja, su fortaleza? ¿Era ésta su trinchera desde donde hacía frente a las asechanzas del mundo exterior? ¿Era acaso éste su palacio donde estaba a salvo del mundo cruel que la observaba?

Al principio creí que Daniela intentaba aparentar tener un alma tan negra como el color de las prendas que siempre vestía. Pero en todos estos meses, habiendo interactuado con ella, habiéndome dado la posibilidad de conocerla, había sido capaz de ver que no era más que una alma dolorida.

Estas paredes que ahora estaba mirando, y que sentía que me costaba sacarme de encima, eran las que la resguardaban de las miradas externas, de las burlas, de las preguntas inquisidoras.

En su casa no solo había poca luz, sino que estaba llena de objetos sin sentido, lo que la ensombrecía aún más. Repisas con adornos de porcelana china, muñecas típicas de algún mercado de pulgas de Avenida Córdoba, que seguramente yo jamás hubiese comprado. Muebles antiguos de madera pesada, que tal vez sus padres habrían heredado de familiares lejanos, un gran aparador con un espejo comido en sus puntas por la humedad y el tiempo. Y lámparas, muchas lámparas dispares, llenando aquellos rincones que de otra forma hubiesen quedado vacíos. Todas de baja intensidad que brillaban con cierta opacidad disipando tímidamente la penumbra.

Y libros.

Bibliotecas de pino amarillo abarrotadas de libros. Algunos viejos, otros gastados. Me acerqué a mirarlos, porque siempre me acerco a los libros. Tienen un poderoso imán que atrae.

Roberto Arlt, Saramago, algún que otro más familiar y conocido como Borges, perdido entre nombres y apellidos complicados: Soren Kierkegaard, Friedrich Nietzsche, Martín Heidegger, Karl Jaspers, León Tolstoi, Miguel de Unamuno...

Releí los nombres de autores lejanos pero tan grandes que se inmortalizaron a través de sus letras. Algunos otros nombres de aquellos que dieron vida al existencialismo, a la significancia e insignificancia de un mismo ser. Nombres asociados a momentos históricos de crisis, de guerra, de dolor, de muerte. Nombres que van tan de la mano con la gran estupidez humana. Nombres que ahora, por primera vez, veía reflejados a través de ella, de sus actitudes, de sus quejas.

Siguiendo el recorrido de títulos y autores, sentí el peso de uno en particular que quedó colgado de mis párpados: Jean-Paul Sartre. Miré de reojo a Daniela mientras una frase saltaba a mi mente: "la existencia precede su esencia".

VII

¿QUÉ le había pasado a mi amiga?. ¿Cuál era la razón por la que estaba signada a pasarse su adolescencia, o tal vez el resto de su vida, sentada en una silla?

De alguna que otra charla o comentario, había descifrado que su silla no había sido producto de algo que acarreaba desde su nacimiento. Deduje aquello de historias que relataba acerca de sus veranos en la costa argentina, en el mar, en la arena, recuerdos de acontecimientos en los que ella se había encontrado física y plenamente involucrada.

Entonces, ¿su existir se remontaba a muchos años antes de ser lo que se había convertido hoy en esencia?

Escuché mi voz interior. Sí, esa vocecita chiquita a la que en determinados momentos, como lo era precisamente ese, debería prestarle más atención. Me decía que no hiciera ninguna pregunta, pero fue en vano, una vez más la bloqueé. Con determinación le tapé la boca a la cautela y me dejé llevar por la curiosidad en la que venía envuelta hace tiempo.

Tomando recaudos, intentando no ir directo al grano, respiré profundo y pregunté:

- ¿Qué hacen tus padres? -

A juzgar por la cara de Daniela, mi pregunta la había dejado completamente sorprendida. Titubeó unos segundos pero comenzó a hablar, a explayarse en un relato sin dudas cargado de sentimientos:

- Solo tengo a mi vieja - luego de decirlo apurada, sintió la necesidad de hacer una pequeña pausa. Y continuó:

- Mi viejo se fue a la mierda cuando yo era chica. Se fue con otra mina. ¿Viste? La típica del viejo verde que sintió que los años se le venían encima y se puso como loco con la primera pendeja que lo aguantó. Yo tenía cinco años y mi vieja treinta y pico. La re-cagó, ¿viste?

Se detuvo simulando prestar atención. Pareció escuchar nuevamente las últimas palabras que había pronunciado y con un gesto rápido de cabeza se retractó:

- Nos re-cagó - marcando con énfasis al pronombre que la incluía.

- Ahí quedamos solas, quedó hecha una piltrafa la vieja. Con su ego arrastrado como un trapo de piso -.

Daniela dio rienda suelta a cada detalle de su historia de vida familiar tranquila y pausadamente:

-Fue jodido, ella sufrió mucho por amor y yo sufría por ella y por la falta que me hacía mi papá. Imaginate que yo era una criatura y no entendía un carajo lo que pasaba.

Recordó tardes de llanto sentada en la puerta del jardín de infantes, esperando por él, que la tenía que pasar a buscar; incluso cuando ya se habían ido todos sus compañeros, mientras que la maestra permanecía sentada a su lado, abrazándola. Haciendo una y mil ilusas promesas con tal de calmarla, mintiendo que todo estaría bien. A pesar de aquellas buenas intenciones, su llanto no dejaba de brotar sin consuelo desde lo más profundo de su inocente ser.

-¿Entendés la onda? - dijo con marcado acento porteño. - Yo tan solo esperaba que mi papá me viniera a buscar. Algo tan simple y normal como eso. Que me diera un abrazo o me cargara en sus hombros, o que simplemente me llevara de la mano a tomar un helado -.

Evidentemente en aquella época, su padre estaba demasiado ocupado haciendo de novio. No demostraba ningún interés de cumplir las funciones de un papá relativamente normal. Aquella situación había lastimado el corazón de Daniela y se lo había roto en mil pedazos. La actitud desganada y desinteresada de su padre la había marcado para toda la vida, llenándola de una profunda inseguridad. Un espantoso sentimiento de rechazo.

Me dijo mirándome confiada a los ojos que fue en aquel entonces cuando todos los problemas de su vida habían comenzado.

Personalmente siempre había tenido una posición bastante confrontadora con aquellos que hacían al pasado responsable de los problemas presentes. En esta oportunidad no supe qué pensar. Era la primera vez que Daniela mostraba un costado débil, una aparente fragilidad. Sentí que no tenía derecho de juzgarla poniéndola en la misma bolsa que a otras personas que había cruzado en la vida. Ella era diferente, nunca la había observado tomar ventaja de su silla. Frente al mundo, ella estaba parada con el pecho en alto, nunca había sido menos que nadie.

Para mi sorpresa, Daniela soltó una gran carcajada cargada de nerviosismo. No supe si fue una risa de autodefensa para no ponerse a llorar o si sus ojos brillaban por la risa que salía con ganas de sus entrañas.

Desde el dolor del que hablaba hasta la actitud que ahora mostraba, parecía que Daniela ya había superado aquella niñez desolada, por lo que me atreví a seguir indagando un poco más:

- ¿Lo seguís viendo? -.

Sin detenerse contestó tranquila:

- Hace unos cuatro años quiso, supuestamente ver si era posible recomponer nuestra relación. Igual ya era demasiado tarde. Con el paso del tiempo y la cantidad de tierra que tiré encima del recuerdo de mi padre, me di cuenta de que en realidad él no me importaba. Además que sin lugar a dudas, quien realmente se merecía más reconocimiento del que le había dado todos esos años, era mi vieja.

Un profundo sentimiento envolvía cada una de las palabras que Daniela decía. Algo había pasado en sus vidas por lo que ella sentía que había marcado la vida de su madre. Sin querer se había convertido en un pesado "karma".

- Cuando pienso en ella en el tiempo que él la dejó, me la imagino completamente infeliz. Tengo un terrible cargo de conciencia de creer que fui, depende desde donde lo veas, lo mejor y lo peor de su vida, ¡pobre vieja! - se sonrió con angustia. - Al principio fui lo peor, porque tal vez me odiaba con toda su alma, me veía a mí y en mis ojos veía directamente a la culpable de que él la abandonara -.

Daniela parecía haber llegado a la vida de sus padres para poner la pizca de responsabilidad que les faltaba y con ello les había robado la oportunidad de seguir viviendo un par de años más en el "Woodstock" imaginario de calles de cemento porteñas.

- Cuando se enteró que yo venía en camino - continuó Daniela - tuvo que ponerse las pilas, cambiar su estilo de vida, su rutina. Definitivamente para cuando nací, todo fue más complicado aún -.

Quedaba claro que no era que Daniela hubiese sido un bebé diferente al resto de los bebés que nacen en este mundo; la diferencia era que sus padres no estaban preparados para tenerla, tal vez porque eran muy jóvenes para asumir las responsabilidades de tener una familia.

Sin embargo en el mismo momento, Daniela confesó no hacerse cargo de esa culpa en particular, ya que la irresponsabilidad había sido, por cierto, enteramente de ellos.

VIII

AQUELLA idea no era tan errada, ¿qué culpa podría tener una bebé recién nacida de haber sido traída a este mundo por dos personas que no la buscaban?

De todas formas Daniela persiguió el sentido positivo y aún más profundo de aquella idea y desligándose de culpas ajenas, reconoció que de alguna manera había sido esa misma pequeña concebida sin responsabilidad, la que había salvado la vida de su madre y advirtió:

- Tal vez hubiese hecho cualquiera cuando el chabón se fue con la otra; uno nunca sabe de lo que pueden ser capaces las mujeres con el corazón roto - .

En medio de su pausa, mi voz interior replicaba como campana reconociendo el error de haber comenzado esta charla, ¿quién me mandaba a mí a preguntar por personas de las que no había visto ni escuchado nada antes?

En ese preciso momento me di cuenta que en el abarrotamiento general de cosas que nos rodeaban, no había fotos. No se veían caras sonriendo ni de ellos, ni de nadie. Ni siquiera las típicas de bebé en sepia gastadas por el tiempo.

Pero con lo poco que había escuchado, todo comenzaba a tener un poco más de sentido.

Incluso después de escuchar a Daniela con toda su historia, con sus prolongados silencios, con su carácter fuerte, con su extraña forma de relacionarse con la gente, el ovillo enmarañado de mi intriga, lentamente se iba desenredando.

Aún así en mi cabeza seguían apareciendo miles de dudas, era seguro que la separación de sus padres no había dejado a Daniela sentada en una silla, tenía que haber alguna otra razón.

Sabiendo incluso que seguir indagando sería casi cruel, sentí el impulso de ir tan solo un poco más hondo en el alma de mi amiga.

Todas mis dudas apuntaban a su madre y ninguna a su poco comprometido padre.

A lo largo de los años había escuchado millones de historias de padres ausentes Ése no era particularmente un detalle que llamara la atención de esta historia.

Desde el primer día que conocí a Daniela, hablaba seguido de su madre, la ponía siempre alrededor y en cada detalle de su mundo. Sin embargo, yo no había conseguido verla nunca. Supuestamente era ella la que la llevaba y la traía a todos lados. Eso me parecía raro: el hecho de que para mí ella fuera un fantasma. Alguien que estaba siempre presente en las conversaciones y que yo seguía sin conocer.

Daniela tenía los ojos fijos en la mesa o tal vez en sus manos ásperas entrelazadas, que se movían tensas. Luego de un silencio prolongado me miró. Pareció recordar que yo estaba sentada a su derecha, y como queriendo responder incluso a esas preguntas que yo no había formulado aún, salió en defensa de su misteriosa madre:

-Mi vieja es re buena mina, no ha sido más que una víctima de todo lo que me pasó. En definitiva, después de todos estos años, acá estamos las dos juntas. Como siempre, ¿viste?

-¿Acá? ¿Dónde? - le hubiese querido preguntar, pero no había lugar para ser tan directa y sincera. De todas formas, para mi sorpresa, su monólogo no había llegado a su fin, y sin cambiar de posición, así, con su cabeza gacha, volví a escuchar su voz:

- Es una re laburante, ¿viste? Se levanta al alba y patea todo el puto día. A veces la pobre vuelve a las mil. Hace años se puso la camiseta de súper madre que iba a sacar a su hija adelante y desde entonces, no se la sacó más, no ha parado.

-¿Sigue sola? - pregunté tanteando el tema ya que a veces detrás de este tipo de historias hay un lado romántico que las hace mucho más divertidas.

-Y sí - contestó rápidamente - la flaca es hermosa, ¿viste? Si la vieras. Re buena mina, con pilas. Pero, ¡ojo! – advirtió - todo lo que tiene de copada, lo tiene de boluda para meterse con chabones. Yo la llamo radiador porque se le enganchan todos los bichos - y se rió a carcajadas. Yo también me reí.

Luego de la ruptura de la relación con el padre de Daniela, su madre había seguido repitiendo patrones de conducta y eligiendo hombres que la envolvían una y otra vez en relaciones tormentosas y complicadas. Con una sonrisa dibujada, Daniela afirmaba que su madre podría haber sido la actriz principal de la mayoría de las novelas de la televisión.

– Al mejor estilo Corín Tellado, tan fogosas al principio, como rebuscadas y jodidas cuando pasan los meses - dijo.

Volvió a salir en su defensa explicando que tampoco había tenido tantos novios, pero que de todos aquellos que habían pasado por su vida, el único que realmente había valido la pena, Daniela misma se había encargado de que se fuera bien lejos y de no tuviese ganas de volver nunca más.

– Sin querer, por supuesto - dijo excusándose - no habría sido capaz de hacerle algo así por maldad. ¡Lo que quise siempre es verla a ella feliz! Realmente se lo merece. Haría cualquier cosa por verla feliz -.

La frase quedó colgada en el pasado de un tiempo y un espacio, sin llegar a ser del todo clara respecto de lo que estaba hablando.

La miré con curiosidad, pero por la expresión del rostro de mi amiga, la historia tenía mucha más carga emotiva, por no decir dureza, de la que me imaginaba.

Hice un gran intento por borrar el "por favor, seguí contándome" que tenía escrito en mi rostro, aunque supuse que tal vez fuera Daniela quien necesitaba recordarlo.

Muchas veces cuando llevamos una mochila imaginaria en los hombros, tenemos la sensación que cuando somos capaces de compartir el tema ese que pesa en el alma, de a poco esa carga se siente un poco más liviana. Por lo que no estoy segura si lo que contó a continuación lo hizo para saciar mi curiosidad o fue una gran necesidad personal de descarga.

De lo que sí estoy segura, es que no lo hizo creyendo que nuestra amistad se volvería más fuerte y seríamos amigas el resto de nuestras vidas. Tal vez fue un sentimiento egoísta e interno. Movida por la necesidad de escuchar su propia voz en alto contando la historia de su silla, de sus piernas, de su imposibilidad para caminar, de su tristeza encerrada en las paredes de su casa. Recordar su pasado para conseguir entender su presente. Hacerse cargo de eso que Sartre dice que es propio de cada uno. La posibilidad de ser responsable de sus actos y así poder hacerse cargo de su vida. Tal vez Daniela pensaba que lo lograría. Tal vez liberando su cárcel al viento encontraría consuelo, y convertiría en alas su tormento.

Liberarse y volver a la vida.

Segunda Parte:
Pebeta

IX

DESDE aquel primer y lluvioso día de marzo, habíamos pasado casi cinco meses juntas. Muchas habían sido las experiencias, las charlas y lecturas compartidas. Discutimos de autores y libros, e incluso intercambiamos aquellos que tanto nos gustaban. Había cuestiones de las que no estábamos de acuerdo. La política era justamente una de ellas, por lo que en un acto puramente democrático habíamos decidido que sería un tema que no volveríamos a tocar. Como dejando de lado aquella vieja historia de conflictos entre radicales y peronistas, ésas que no valía la pena traer a la mesa de nuestra relación. Sin embargo, con todos los temas que sí estaban permitidos entre nosotras, nunca nos habíamos dado lugar a hablar de nuestras vidas privadas.

Ella no sabía de mi familia, ni de cuánto daño me habían causado las personas a lo largo de mi vida. Tampoco de aquellas que admiraba y me llenaban el pecho de orgullo y alegría. Tal vez alguna que otra vez yo había mencionado a mis hermanos, pero para contar algún cuento gracioso y poder reírnos un rato de la vida.

Yo había venido de lejos. Compartía mis días con amigas. Tenía una familia tipo, sin sobresaltos. Nuestros problemas tenían que ver con las sequías o con perder la cosecha por el exceso de lluvias. Económicos, como quien dice. Pero no había historias rebuscadas ni maliciosas. Yo solo quería estudiar y hacer algo distinto de mi vida. Sería socióloga y estudiaría los comportamientos de la sociedad en la que estaba inmersa. Patrones, conductas, cultura, relaciones de poder; no sólo estudiaría la sociedad sino también a las personas que la componen.

Pero ahora estábamos las dos, Daniela y yo, con realidades que por diferentes que parecían, nos habían puesto una al lado de la otra. Realidades, circunstancias, intereses en común. En definitiva, la vida.

Fue recién, en ese momento, cuando sentí que la desigualdad entre nuestras realidades no eran sus rulos, ni su pelo colorado, ni su acento porteño, que ella fuera de Vélez y yo, de River. La diferencia real no era cultural sino material y tenía tan solo cinco letras, era simplemente una silla.

X

UNA silla que arrastraba secretos, en un corazón que escondía una historia. Un pasado que había confinado a una chica de mi edad, a pasar años de su vida sobre dos ruedas. A empujar con fuerza para poder moverse. Como un pez que nada contra la corriente. Una silla pesada que la llevaba y no la dejaba en ningún lado. Hombros marcados por los músculos fuertes y desarrollados que la empujaban; manos pequeñas, con callos que escondía en guantes cortados.

La silla, sus manos, sus músculos marcados, un corazón atravesado por la lanza de su destino que la arrastraba cada día a su pasado.

Disimulando, me levanté y caminé, inspeccioné nuevamente los libros, traté de dejarla libre de mis preguntas. Cuando me di cuenta de que había pasado un tiempo considerable y yo seguía parada al lado de la biblioteca, me acerqué a ella y apoyé mi mano en su hombro. En aquella caricia intenté transmitirle en silencio que no necesitaba que continuara contando nada, que todos tenemos cosas para esconder. A veces es un alivio, una inmensa descarga poder sacarlas a la luz, mientras muchas otras lo único que se consigue es revolver más y más el dolor. Particularmente en nuestra relación, y por cómo se venían dando las cosas, entendí que no necesitaba saber más de su vida de lo que ya sabía.

Me preguntaba: - ¿Cuál era la razón por la que ella estaba en el banquillo de los acusados? ¿Acaso tenía que responder preguntas por el hecho de estar en una silla?

Y en cuánto a mí: - ¿No habían pasado en mi vida cosas que valían la pena ser preguntadas y escuchadas? ¿Era la historia de su silla más importante que mi historia, aunque al igual que la mayoría de la población, caminara tranquila con mis dos piernas?

Comencé a juntar mis útiles, a cerrar libros y cuadernos. Todavía no habíamos terminado, pero solo faltaban pequeños detalles sin importancia. Daniela continuaba allí, con sus dos brazos sobre la mesa. Inmóvil.

Evidentemente su necesidad de traer a la luz su pasado fue más fuerte y su voz comenzó a sonar suave, pero decidida. Al escucharla, dejé lo que estaba haciendo e iba a sentarme en el mismo lugar que había ocupado a lo largo del día pero su voz me detuvo. Daniela me pidió que la moviera.

Cruzamos el pasillo que estaba completamente a oscuras y nos dirigimos directamente a la última puerta cerrada al lado del pequeño baño. A pesar de mi sensación de encierro, no nos encontramos con ningún obstáculo en el camino.

Antes de llegar, me adelanté y abrí la puerta. A esa altura de la tarde no podía saber a ciencia cierta qué hora era, pero a juzgar por los colores que entraban de las ventanas del cuarto al que habíamos llegado, era de tardecita. La persiana de la ventana que también daba a la Avenida Pueyrredón estaba levantada y las cortinas, corridas. De todas formas una gris y oscura penumbra se apoderó de nuestros cuerpos. Juegos de luces rojas y amarillas que iban y venían provenientes de autos que pasaban tres pisos más abajo, sin sospechar siquiera lo que nosotras estábamos viviendo.

Nuevamente guiada por su voz, llegué hasta una lámpara al lado de su cama. Tanteando a ciegas el cable, prendí la luz.

De nada en toda la tarde me había arrepentido tanto como de ese momento. Las paredes de aquel cuarto estaban pintadas de negro. Sentí a mi corazón desbocado latir cada vez con más fuerza, mientras un escalofrío maldito continuaba corriendo por mi espalda, escuché con sarcasmo a Daniela decir:

- Sí, todo negro, como mi alma - volvió a repetir aquella frase como lo había hecho en otras oportunidades durante el día. Y yendo más lejos aún, la había escuchado más de una vez durante los meses que llevábamos juntas.

Supuse que en mi cara podía leerse con claridad qué era lo que estaba pasando por mi cabeza. No sé por qué, pero sentía miedo; incluso sabiendo que no había nada de que temer, me encontré paralizada frente a ella, mirándola con ojos grandes como admirando alguna macabra obra de El Bosco, en lugar de a mi amiga.

De las paredes colgaban cuadros con dibujos extraños, láminas baratas de pintores lejanos, relojes con horas derretidas, y escenas dantescas de dolor y terror. Mis ojos eran testigos de una escena surrealista.

- Ésta es la oscuridad en la que vivo -.

Combinó las palabras de una misma idea, mientras que yo, en silencio, con una mente en blanco y una boca sin palabras me puse aún más incómoda.

Me llené de angustia al darme cuenta que estaba dejándome invadir por las miserias más íntimas de mi amiga, por su lado oscuro, por su historia secreta.

Era tarde ya cuando intenté decirle que no hacía falta que compartiera esos detalles conmigo, que seguramente yo sería una persona pasajera en su vida. Tan solo una compañera en una materia de la universidad, en un momento en una mínima parte de tiempo de su vida. Pero sin prestar atención a mis palabras, Daniela continuó.

XI

- FUE hace tres años - dijo comenzando su relato - para el feriado del 12 de Octubre que ese año caía un día lunes. Hasta aquel entonces yo nunca había estado sentada en una silla como ésta -. Hizo una pausa que seguramente la llenó de recuerdos.

- Como te decía, era fin de semana largo y mi vieja se iba a la costa con el novio. Viste ése del que hoy te decía que era buen tipo. Tal vez el único que a mi parecer, de verdad la quiso. Y a quien yo, sin querer, terminé alejar de su lado -.

Después de ese día, Daniela no había notado su ausencia porque nunca había estado pendiente de las compañías de su madre. Pero de un día para el otro, se percató que ella estaba siempre sola. Que no se escondía a hablar por teléfono y que no había nadie invitado a compartir las comidas de cada noche. Fue recién en aquel momento, cuando se dio cuenta que él ya no estaba más en su vida. Ningún ruego surtió efecto sobre su madre cuando Daniela pedía por favor que le explicara la razón de su desaparición. En el fondo, no hizo falta que lo dijera. En lo profundo de su alma y sentada en aquella silla, Daniela sabía que aquella ausencia tenía que ver con ella.

Invadida por un inescrupuloso sentimiento de culpa e intentando dejar de lado el sabor amargo que la embargaba continuó:

- Ella siempre había confiado en mí. No era la primera vez que me quedaba sola en casa, ni la primera vez que invitaba a mis amigas a quedarse conmigo. ¡Amigas les digo ahora! - y maldijo con cara de rabia -. Aberración de la palabra amistad porque como verás, estoy sola, ya no tengo amigas. Después de ese día no volví a saber de ellas -.

En un principio la soledad de Daniela no me había llamado la atención, supongo que por los prejuicios sin sentido que yo, al igual que el resto de la gente, tenía acerca de las personas discapacitadas. Sin embargo, conocerla y ver lo especial que era había hecho que en mi cabeza cambiaran un par de conceptos mal adquiridos.

- Como me quedaba sola le había dicho a mamá que iba a invitar a un par de pibas -.

Daniela me contó que siempre había tenido muchas amigas, pero que además, tenía un selecto y pequeño grupo con tan solo cuatro integrantes. Eran aquellas más allegadas con las que había compartido años de vida durante la secundaria.

- En aquella época yo era bastante popular, por mi carácter siempre revoltoso - explicó, mientras en sus palabras se apreciaba un dejo de alegría y, siendo capaz de recordarse a sí misma a través de esas palabras, continuó:

- Tenía una bocha de amigas. Era una piba copada, con onda - y se quedó allí, sin dar más detalles.

Con su madre tenía una relación diferente al resto de las chicas de su edad. Daniela en cierta forma tenía piedra libre para equivocarse, para cometer errores, pues siempre obtenía un rápido perdón. Por el tipo de vida que llevaban, su relación se acercaba más a la de dos amigas que a la de una madre convencional y su hija.

- Con la vieja hablábamos mucho, estábamos conectadas – dijo. - Yo le podía preguntar todo tipo de cosas que ella no se espantaba, al contrario, tenía toda la onda, me acompañaba y apoyaba en todo. Imaginate que la primera vez que fumé porro fue en mi casa, a ese nivel, ¿me entendés? Re-pro era la loca. No es que podía estar todo el día fumada en mi casa. Para nada. La flaca siempre me puso límites. Me marcaba las ventajas y las complicaciones de cada elección en mi vida. Todas mis decisiones tenían sus correspondientes consecuencias -.

Aparentemente la madre de Daniela entendía que en la adolescencia había determinadas cosas que, por prohibidas que estuviesen, se hacían de cualquier forma, por eso ella prefería estar al tanto de sus movimientos desde un lugar de madre copada, siempre con cautela, que siendo la enemiga pública de su hija.

- En fin, había límites, no te creas que vivía en el libertinaje total. Reglas propias de toda casa, todo tipos de límites que también existían en nuestro hogar. Mucho más marcados y fuertes porque éramos solamente ella y yo. Entre nosotras había mucho respeto, había códigos -.

Y casi sin querer Daniela, volvió el tiempo atrás hasta aquella noche. Tres años atrás, cuando ella misma se encargó de romper una por una todas aquellas promesas, todas las charlas, todo lo que estaba tan claro entre ellas.

- Rompí todo en mil pedazos - y transformó su rostro en sólida tristeza.

Aquel relato venía lento y muy detallado. Agregó que mientras estaban sus amigas en su casa, habían compartido buenos momentos juntas. De alguna manera había sido un fin de semana movido. Habían salido, mirado tele, cocinado y se habían reído mucho. Un grupo adolescente típico. Todo venía bien, nada fuera de lo normal.

No fue hasta el domingo a la tarde cuando decidieron hacer una fiesta. No sería nada extravagante, ni multitudinario. Por el contrario, sería algo chico. Con su selecto grupo de cuatro y algunos otros invitados. Lo único que querían era seguir pasando un fin de semana a pura diversión.

-El problema fue que justamente a esa edad uno se cree invencible, intocable. Creemos que todo nos pasa por el costado. A esa edad sos inmortal - dijo Daniela intentando explicar una conducta propia de cualquier adolescente.

Una de sus amigas estaba enamorada de un amigo de su primo, o algo así medio rebuscado, que no entendí bien. Ella había propuesto llamarlo para que viniera un rato, y se encargaría de pedirle que trajera algunos amigos.

Obviamente ninguna había puesto objeción a la idea, sino todo lo contrario. Todas habían aplaudido contentas la sugerencia de su amiga; así que mientras varias orejas intentaban escuchar a la vez, la respuesta desde el otro lado del tubo, había sido un éxito.

- Imaginate que no tuvo que insistir demasiado. A un par de chicos les decís que hay minitas solas en una casa y las hormonas hacen que les explote hasta el cerebro -.

No había pasado ni una hora cuando escucharon sonar el timbre, eran los invitados los que estaban tocando el portero y cuando subieron, eran no tan sorpresivamente cuatro.

- Como nosotras – aclaró, como sintiendo que hiciera falta e hizo un gesto que no logré entender exactamente qué significaba.

-Pero yo sólo lo vi a él. Entró vestido de negro, con su remera de Almafuerte, la banda ¿ubicás? -.

Sabía de lo que hablaba, era una de esas bandas tan pesadas y gritonas que, considerarla "banda musical" podría ser un vil sacrilegio pues sus producciones parecen más un ruido molesto que otra cosa. Dijo, también, que tenía unos borcegos con tachas, un pucho en la boca y los ojos escondidos detrás de los pelos largos. Todo su aspecto, en general, parecía algo sucio. Sus dedos llevaban anillos grandes y plateados, las uñas mal pintadas, o mejor dicho, despintadas de negro. Una cadena colgaba de su cintura y terminaba metida en el bolsillo trasero del pantalón de jean, también de color negro.

-¿De su facha querés saber más? Te lo resumo: un total atorrante - dijo Daniela.

Imaginarlo no costaba demasiado, había cientos de ese tipo de chicos caminando por las calles. Supuse que después de tan detallada descripción, nada bueno saldría de él, sin embargo Daniela me confesó haberse quedado boquiabierta mirándolo, como encantada.

- Típico de pendeja inmadura – dijo - siempre nos terminan gustando esos que se quieren hacer los malos. Obvio que terminan siendo unos imbéciles, partiéndote el corazón en mil pedazos o creando conflicto no sólo interno, sino en todo tu entorno.

Me dijo que luego de haber entrar con unas cervezas en las manos, las había apoyado en la mesa para luego detenerse a mirar a su alrededor. Hasta que en un momento, sus ojos se cruzaron con los de ella.

Él la miró fijo, luego sonrió y Daniela agregó:

- Una sonrisa con ruido. Con una especie de sonido a risita burlona; así fue como se me acercó: mostrando los dientes amarillos, con una extraña expresión irónica dibujada en la cara -.

No dijo su nombre, ni tampoco preguntó cuál era el de ella; al acercarse sus primeras palabras habían sido de reproche por la música que sonaba de fondo.

- Yo te digo que estaba buena - me dijo Daniela hablando de la música - era una banda de rock que a nosotras nos gustaba mucho. De esas que durante un tiempo están de moda. Que a toda la gente de nuestra edad le copaba; pero él era diferente, evidentemente no le gustaban las mismas bandas que a nosotras. Y aunque me dejó un tanto extrañada, esa actitud también me gustó.

A cualquier otro, en un momento como ése, Daniela hubiera optado por contestarle que poco importaba su opinión, pero esa vez no fue capaz de decir nada.

- Sin embargo hoy, en la distancia, cuando pienso en aquella noche, me pregunto: - ¿Por qué me quedé callada?, ¿por qué no le dije que se fuera a escuchar buena música a otro lado?-.

Culpable había sido la admiración por la que se había sentido invadida. Obnubilada por completo, en lugar de echarlo, Daniela le preguntó qué tipo de música le gustaría escuchar. Pero él, sin prestarle atención, se fue por las ramas y comenzó a hacer diferentes preguntas, una tras otra: que dónde estaban mis padres, que con quién vivía, que dónde estaba mi viejo, que por qué la había dejado a mi vieja -.

Absorta por la situación intentaba responder tal vez a alguna de todas las preguntas que llegaban a su cabeza rápidas y confusas. Eran preguntas inquisidoras, tal vez demasiado privadas como para que un fulano de esta talla entrara a su casa con ese descaro y las hiciera. Nunca había tenido delante un chico de casi su edad que le hiciera frente de esa forma.

Sin embargo, este extraño personaje, sin siquiera prestar atención a lo que Daniela le intentaba contestar, balbuceó unas palabras, se dio vuelta y nuevamente dejó a Daniela hablando sola.

Puso "stop" a la música. Y un silencio incómodo se apoderó del lugar, de esos que envuelven a las personas cuando se acaban de conocer.

- Ése fue justo el momento en el que yo tendría que haber pedido que se fueran de mi casa. Ésa fue la primera vez que me encontré totalmente paralizada, sin poder levantar un solo milímetro los pies del piso. Estaba confundida y no sabía por qué.

-¿Un mal presentimiento? - pregunté.

- Tal vez - dijo mirándome fijo a los ojos.

- Es que era tan recio, tan maleducado - continuó Daniela - fue uno de esos momentos de decisiones mal tomadas que te cambian la vida.

Estaba claro que Daniela no había querido quedar mal delante de sus amigas y del resto del grupo. En definitiva su presentimiento no tenía sustento; no habían sido más que malos y extraños modales.

A lo largo de su vida, su madre le había enseñado la importancia de saber escuchar al corazón en momentos complicados. De todas formas, Daniela no creía en nada que saliera desde un lugar cargado de sentimientos, por lo que una vez más, apagó la señal que llegaba desde su pecho.

Tan ciega estaba, que ni siquiera fue capaz de prestarle atención cuando era una fuerte campana la que sonaba en sus entrañas.

Sentimentalismos baratos y pegajosos.

Ella creía en la razón. Ella creía que era lo suficientemente madura para hacerle frente a lo que fuera que le deparara el destino.

- Y me quedé en el molde – y sus palabras sonaron amargas. Aparentemente Daniela aún hoy volvía una y otra vez a esa noche:

- Y no es sino en sueños, que me animo a sacar a todos a las patadas de mi casa, incluso a esas que eran mis amigas -.

-Te dije que no me des cuerda - me increpó - sino te voy a tener acá toda la noche - y nuevamente dejó escapar una risa nerviosa. Fue un intento forzado de recuperar el humor y disipar un poco la nube negra de recuerdos que la tenía acorralada.

- En fin – preguntó. - ¿Dónde me quedé? Ah sí, la música, sí, sí. La cambió. Definitivamente. ¡Qué rabia me da cuando me acuerdo! Escuchamos una banda metalera inentendible, horrible. El ritmo era molesto, bueno, si es que a eso se le puede decir ritmo.

Entre tanto su inquisidor amigo había vuelto hacia ella y mientras la tomaba de la mano, hacía movimientos con el cuerpo, que le hicieron suponer a Daniela que estaba bailando.

- Era un desastre verlo, todo flaco, sacudiendo los pelos sucios de arriba a abajo. Cantando y pretendiendo imitar la voz del cantante que se oía ronca al salir del parlante. ¿Y yo? - dijo contestando una pregunta que yo no había formulado: – Ahí, parada delante de él. ¡Tan pelotuda!, estaba copada con ese idiota - y mientras describía la situación movía la cabeza con un visible gesto de negación.

Daniela había intentado seguir aquel movimiento sin gracia que la hipnotizaba y mientras bailaban, él llevaba una botella de ginebra a la boca y daba gritos de entusiasmo con cada sorbo que tragaba. Finalmente tendió la botella hacia Daniela para que ella también tomara. No quiso ser menos que él y bebió poniendo cara de asco al sentir que el líquido quemaba en su garganta. No solo ellos tomaron, todos lo hicieron.

Un poco por la música, otro poco por el alcohol, todos se fueron relajando y poco a poco algunas luces se fueron apagando.

- Cada tanto él se me acercaba, tomaba mi mano y me mantenía pegada a él. Tiraba besos al aire y los dirigía con la mano hacia mí. Me era imposible sacarle los ojos de encima. Sentía acalambrados los músculos de mi cara por la medialuna entreabierta que formaba mi sonrisa y dejaba entrever mis dientes. Mis ojos brillaban de alegría en la oscuridad que me absorbía -.

En el desarrollo de los hechos y por el tono de voz que cada vez se volvía más y más extraño, pude leer en sus gestos que había habido algo más. Daniela bajó la cabeza. Todos aquellos recuerdos cargados de vergüenza la inhibían. Fue entonces cuando al cabo de unos minutos confesó que ginebra, no había sido lo único diferente que habían tomado esa noche.

XII

EXTRAÑAMENTE Daniela no había logrado que su compañero de baile le dijera su nombre. De repente él soltó su mano y buscó la perilla de una de las luces cercanas. Daniela tuvo sensación que no era la única que estaba pendiente de sus movimientos, pues todos estaban mirando qué era lo que él estaba por hacer. Finalmente prendió una luz. Una vez más mostró su sonrisa dibujada: había notado que era el centro de atención. Hurgando en los bolsillos delanteros de su ajustado pantalón negro, extrajo cuidadosamente una bolsita transparente.

-Sí - dijo Daniela - tenía eso que estás pensando. Justamente ese polvo blanco en el que estás pensando y que en aquel momento yo estaba viendo en vivo y en directo por primera vez en mi vida.

Daniela sabía perfectamente qué era lo que aquel desconocido mostraba en alto cual trofeo recién recibido. También sabía lo que significaba, pero nunca antes lo había tenido tan de cerca. Incluso en medio de su época revoltosa y exploradora, aquellas las drogas no habían formado parte de su revolución. Nunca había sentido la necesidad de incorporarlas en su vida que de por sí, ya era bastante complicada. Hasta le parecía muy violenta la forma de consumirla.

Presentía que a su madre no le gustaría saberla involucrada en este tipo de cosas raras. Daniela sabía que algún que otro porro era lo único autorizado.

Poco importaba, pues en aquel momento, su madre estaba en Pinamar, a demasiados kilómetros de distancia como para venir a su rescate. Y en ese mismo momento Daniela estaba bastante más preocupada en quedar bien delante de su nuevo amigo, que se olvidó de su madre, puso cara de nada y se dejó arrastrar en las trampas de la noche. Daniela había leído y escuchado muchas cosas sobre eso que tenía delante de sus ojos, pero así fueran buenas o malas, nunca antes le había llamado la atención.

Durante esa noche ese pequeño detalle, también fue diferente.

-No quería ponerme en evidencia y empezar a preguntar cuáles serían los efectos que iba a sentir, qué me iba a pasar, o cuál era la parte de mi sistema nervioso que más sentiría el ingreso de esa droga. Mucho menos iba a ponerme en la situación de decir que era mejor que se marcharan con sus cosas raras, que en mi casa no se consumían esas sustancias.

Sin embargo Daniela procuró no pensar en nada malo y enfocarse solamente en las cosas buenas que sabía y sin demasiado esfuerzo se concentró en ellas.

¿Acaso iba a bailar toda la noche?, ¿iba tal vez a llenarse de energía y haría cosas impensadas?, ¿iba a ser un viaje galáctico y sin igual? Eran algunas de las preguntas que explotaban en su cabeza excitada por el miedo y las ganas de hacer algo diferente.

Nada estaba claro. Nada, salvo lo obvio. Que no iba a ponerse en el lugar de perdedora delante de nadie y mucho menos de todas las personas que en ese momento se congregaban en torno a una bolsita. Ella también compartiría la experiencia con el resto del grupo.

- Busqué la mirada un tanto acobardada de mis amigas. Evité las de aquellos que, hasta esa noche, eran completos desconocidos. Escuché con atención las risas y comentarios, de ahí adiviné el sobrenombre de mi compañero de baile.

- Tano: ¡Papá! -

Fueron algunas de las exclamaciones de júbilo que llegaban de sus amigos. Algunos incluso le daban palmadas de reconocimiento en la espalda. Era indudable que estaban contentos y excitados, mientras que las cuatro amigas no dejaban de intercambiar miradas a escondidas.

- Aquellos ojos amigos me devolvían contención, me di cuenta que no estaba sola. Entendí que no era yo la única en esa habitación que seguiría adelante con la situación, pero tampoco la única para la que sería su primera vez. Me alivié en el miedo escondido de aquellos rostros por años conocidos, entendidos. Ojos amigos.

Muy por el contrario, la reacción de los que llegaron con el Tano fue radicalmente opuesta. Cuando puso a la vista de todos lo que traía, sus expresiones les dejaron a las chicas entender que los cuatro sabían perfectamente bien lo que les esperaba.

En medio de su historia, comenzó a hacer suposiciones sobre diferencias de sexo. Según su saber y entender, por ser hombres, ese tipo de temas y experiencias son más comunes que entre mujeres.

Yo una vez más disentía de su opinión, pero no iba a discutir al respecto en ese momento, pues mi parecer poco importancia tenía en aquel momento.

Daniela y sus amigas se limitaron a un pacto entendido a través del silencio. Ninguna mostraría cuán inexpertas eran en el tema.

El relato de los hechos continuó, Daniela hablaba con los ojos fijos, perdidos en algún punto lejano de la pared. Ella hablaba y se formulaba preguntas sin respuestas.

- Me pregunto si las cosas hubiesen sido diferentes. Me lo cuestiono todo el tiempo, una y otra vez. Retumban en mi cabeza preguntas, invento distintos finales, pretendo saber qué hubiese pasado si tan solo una de nosotras se hubiese animado a decir que eso no era para nosotras. Que no lo necesitábamos -.

Si algo así hubiese pasado, seguramente hoy la vida de Daniela sería diferente; ella no llevaría la pesada mochila de recuerdos que hoy estaba contando y esta charla nunca hubiese tenido lugar. Tal vez sus preocupaciones o sus problemas apuntarían al padre ausente o a alguna desaventura amorosa. Pero quedarse en lamentos de lo que pudo haber sido y no fue, no servía de nada, pues yo estaba allí, junto a ella, escuchando la historia de su silla.

- Pero pasó tal como te lo digo. Nadie abrió la boca, sólo el Tano se dirigió hacia mí para pedirme un plato- .

- ¿Un plato? - le había preguntado Daniela sin entender, pero no puso objeciones y sin más, se dirigió a la cocina y volvió con lo que le había pedido. Todos seguían hablando, las risas sonaban a un volumen alto mientras su amigo desparramaba el polvo sobre el plato y armaba una línea blanca tras otra; ponía cara de mafioso experto, como salido de alguna película "hollywodense". Hizo un rulito con un billete que sacó del bolsillo y quiso dar cátedra frente al grupo de inexpertas que lo observaban: llevó el billete a la nariz, tapó con la mano libre el orificio nasal contrario al que había ubicado el billete y aspiró con fuerza la primera línea. La consumió entera. Aspiró seguido y sin detenerse, de una punta a la otra del camino blanco que había dibujado.

- Luego nos miró a todos - continuó Daniela - pero fue a mí a quien tomó del cuello y sin soltarme, haciendo fuerza, empujó mi cuerpo hasta dejarme completamente pegada al suyo. Se acercó a mi boca despacio y delante de todos, me pasó húmeda y lentamente su lengua por mis labios, dibujó su contorno con su lengua áspera y gastada. Yo cerré los ojos y miles de mariposas volaron en mi panza.

Imaginate mi nivel de idiotez, que este tarado estaba jugando conmigo delante de todos y yo jugaba su juego como una terrible infeliz. Para terminar el patético espectáculo dijo:

- Vení, nena, que hoy te hago debutar -.

- No soy virgen, nene - le contesté y automáticamente me arrepentí de la respuesta poco locuaz.

En esa época era bastante común eso de decir cosas sin pensar y arrepentirse al segundo, así que no era de extrañarse. Mientras todos se reían, a Daniela le tocaba el turno de aspirar.

Habiendo estudiado los movimientos del Tano, intentó reproducir cada uno de ellos: colocó el billete arrollado en su nariz, eligió cuidadosamente una de las líneas más cortas, se agachó sobre el plato y aspiró. Lo hizo lentamente, un tanto acobardada por la impresión que le generaba la acción. Sin embargo la tomó, de principio a fin: completa. Con el cuerpo doblado sobre la mesa, incluso con la mano desubicada del Tano apoyada sobre su cola. La tomó toda.

Cuando se incorporó, sintió un ardor en la fosa nasal. Hizo una mueca extraña, sabiendo que estaba siendo observada por sus atentas amigas. Y festejó.

Fue un festejo interior, aplaudió ella misma en silencio su valor.

- Y me hago cargo: me gustó - dijo, pero ya no se veía victoria a través de sus ojos.

Como en una procesión, todos pasaron por el plato. Uno a uno fueron cayendo en la tentación de aquella nieve blanca en la oscura noche de primavera de octubre porteña, mientras Daniela seguía fundiéndose en los besos mojados de su amigo.

Ambos se reían cómplices de los movimientos que compartían. Invadidos por una exultante alegría, siguieron tomando del pico de la botella de ginebra que rápidamente llegaba a su final.

-Seguimos tomando. Aquella noche tomamos todo lo que había: merca, alcohol, cerveza, fumábamos cigarrillos sin parar. Saltábamos, bailábamos, nos tocábamos: en aquel momento todo estaba permitido. Todo a la vez. Todo en exceso. Todo desmesurado. Impensado, imprevisto. Noche de ganas contenidas que salían a la luz sin tapujos. Sin miradas represoras, sin miedos. Había música, había risas, había ganas de sentirse poderosos, inmortales. Y justamente así fue como me sentí esa noche: invencible -.

Las palabras de Daniela brotaron cual verborragias, exacerbadas por la ansiedad, cargada de gestos y mímicas, era evidente que contar la historia movilizaba en su interior miles de sensaciones.

Poco a poco las parejas fueron eligiendo lugares apartados para compartir sus momentos apasionados, así fue también como lentamente los rincones se fueron acabando. Ardían los deseos de unos con otros, las lenguas y las manos se mezclaban, sonaban ruidos húmedos, susurros privados.

- Vaya a saber por qué inexplicable razón a nosotros nos tocó el balcón - movió la cabeza pretendiendo señalar el lugar exacto donde se habían instalado, aunque desde donde estábamos no fuésemos capaces de verlo.

- Una mano con anillos fríos que tocaba y raspaba mis pezones erizados. Por la lengua rugosa que corría por mi cuello y mis orejas, que se metía áspera en mi boca mientras yo intentaba demostrar que estaba a su mismo nivel de pasión -.

Con claridad Daniela detallaba cada instante de su experiencia, decía haber estado envuelta en una situación que se estaba yendo de sus manos, e intentaba tomar nuevamente el control de lo que sentía perdido. Juró en voz alta que varias veces quiso poner un freno. Pero varias siguieron siendo las veces que cayó en la tentación.

Las luces de su casa se habían ido apagando hasta quedar a oscuras por completo. Era imposible saber qué pasaba dentro de ella, hacía rato que había perdido contacto con sus amigas. Sin embargo no era raro suponer que estarían en situaciones parecidas a la que estaba viviendo Daniela.

En un momento de claridad mental volvió a pensar en su madre y en todas las promesas que aquella noche estaba estrellando contra el piso, pero le restó importancia al asunto fingiendo que nada importaba demasiado.

Escupió sobre todos los errores que su madre había cometido a lo largo de su vida. Sobre todos los males que ella hubiese querido evitarle y Daniela no había sabido escuchar. Escupió sobre sus errores anteriores a su existencia y por los que ella también pagaba las consecuencias. Escupió sobre cada uno de ellos y la vergüenza de su madre de haberlos cometido; sobre la tortura diaria de sentirse perseguida por su pasado. Se olvidó de sus pactos, del amor que se tenían, se olvidó de que entre ellas no había mentiras.

Aquella noche los olvidó por completo. Fue simple y llanamente una egoísta.

Mientras volvía a la realidad en la que estaba inmersa, y lograba despejar su cabeza de todos aquellos pensamientos cargados de lucidez y responsabilidad de las que no quería hacerse cargo, por lo menos en ese momento, notó que su acosador la estaba mirando directo a sus ojos, pero la forma de verla no era tierna, mucho menos bonita.

Una mirada furiosamente roja. Sus ojos inyectados por el fuego de las horas que habían compartido, sin embargo Daniela los sintió cargados de cosas horribles y le dieron miedo.

Por el contrario, en los de Daniela, podían adivinarse una mezcla de ganas de nuevas vivencias, incluso cargadas con un poco del miedo propio al experimentarlas. Adolescentes deseos acumulados en el despertar a una nueva etapa de la vida.

Todo aquello que pasaba veloz por el cuerpo y la mente de Daniela, distaba mucho de lo que sintió a través de aquella mirada. No había en ella ningún rastro de algún sentimiento furioso relacionado con el odio.

De repente, sintió su cuerpo caliente lleno de una sensación de desprotección, de desamparo. Por primera vez era capaz de notar cuán acelerado estaba su ritmo cardíaco. Parecía que su corazón se le saldría del pecho y que su sangre desbordaba violenta su cauce.

- ¿Qué pasa? - se animó a preguntar Daniela.

-Yo sé qué querés, putita, vos querés más de lo que yo tengo, ¿no? - dijo con picardía.

Ni una sola palabra de la frase que había salido de su voz, a través de una garganta raspada, fue agradable a oídos de Daniela. Muy por el contrario, por primera vez en la noche ella miró al Tano y lo que encontró delante de sus ojos no la hizo volver a sonreír.

El joven nuevamente metió su mano en el bolsillo y sacó la bolsita con los restos del polvo junto con un extraño instrumento, del estilo de una cuchara, que sin embargo aún hoy Daniela no sabría decir bien qué era. Lo metió en la bolsa y acto seguido se lo puso en la punta de sus orificios nasales. Ella aspiró. En un movimiento casi involuntario. No quería hacerlo, pero lo hizo igual.

- Un poquito para vos, un poquito para mí, otro más para vos, y otro más para mí. - repetía el Tano cantando bajito.

En cuanto a mí, continuaba de pie en medio de la habitación casi en penumbras. Rodeada de las mismas tinieblas que me habían perseguido a lo largo del día. Pero fue a través de las sombras que observé las manos de Daniela temblar desesperadamente.

En medio de esa extraña situación, ella buscó hacer causa común conmigo y la historia que relataba: ¿entendería acaso que su historia estaba dejándome totalmente desorbitada?, ¿que nada de lo que ella había vivido tenía ni siquiera un mínimo punto de comparación con mi vida?

- ¿Viste cuando te dejás llevar y sabés que está todo mal y sin embargo seguís y seguís como que no pudieras parar? Así lo sentía - dijo con ímpetu- no lo pude parar. Era completamente ajeno a mi voluntad. Y te juro que lo intenté - repetía desesperada - pero fue inútil, no lo pude controlar -.

Daniela describía una situación que la había tenido en llamas: completamente mojada bajo su pantalón ajustado y con los contornos de su boca paspados por los besos transpirados y babeados de ese pibe que le había estado haciendo sentir una experiencia única.

Nuevamente me involucró en la situación diciendo:

- Sabés de lo que te hablo, ¿no? -

Y sin siquiera esperar que le contestara, continuó:

- Bueno, así. Todo fue así hasta que vi sus ojos -.

XIII

A PESAR que todo lo que hasta aquel momento había escuchado, todo lo que ella relataba y yo intentaba procesar en mi cabeza, la historia que Daniela me contaba, no tenía mucho sentido. Pero buscaba en alguna medida encontrarle una explicación lógica. Realmente quería entender por lo que había pasado mi compañera. En mi vida, había conocido varias personas que habían tomado o incluso que todavía tomaban cocaína, ninguna de ellas estaban así, es decir, en silla de ruedas. Evidentemente su relato no terminaba allí y revolví mi cabeza en búsqueda de las palabras adecuadas para ayudar a Daniela a terminar el viaje a través del tiempo en el que se encontraba inmersa:

-Pero, ¿cómo quedaste...?, ¿qué fue lo que...? Paralítica - dije finalmente, entendiendo que de todo el vocabulario había elegido la palabra menos propicia.

Me puse muy incómoda al decirlo de aquella manera, pero para mi sorpresa Daniela rió con ganas.

-No nena, obvio que no. Sos apurada, ¿no? Entendé que no cuento esto todos los días. Es importante para mí tratar de volver el tiempo atrás, así solo sea imaginariamente. Me ayuda a entender qué fue lo que me pasó en realidad. Me gusta escucharme despacito, con detalles, ya que en definitiva... - hizo una pequeña pausa y de sus labios salieron palabras cargadas de resignación - fue el último día que caminé. El último día que estuve parada, que bailé, e incluso, que salté -.

De repente su imagen fue la entera personificación del dolor.

Apenada yo también por su tristeza me animé a decirle que tenía razón, que no la estaba apurando, simplemente estaba ansiosa. Me hice cargo de mi personalidad por momentos atolondrada, en definitiva era verdad que yo había decidido escucharla y debía hacerlo a su tiempo.

A su ritmo, no al mío.

Me prometí para mis adentros no volver a interrumpirla.

Daniela nuevamente miró hacia la ventana como quien mira la puesta en escena de una obra de teatro. Revivió las últimas horas antes de la pesadilla y con una voz que sonó más tranquila, agregó:

-Él volvió a hacer preguntas; ese tipo de preguntas raras. Cargadas de palabras sexuales o eróticas -.

Poniéndose en la piel de su agresor Daniela preguntó:

- ¿Te gusta que te toque así? ¿Cómo me vas a agradecer que haya traído este regalito especialmente para vos?

Daniela confesó que cada una de aquellas palabras habían sonado bajito cerca de su oído y que mientras aquel joven de negro hablaba, frotaba su mano por su pantalón. Cuando de repente, la agarró con fuerza del culo y con las dos manos la levantó.

-El movimiento fue tan brusco que me asustó y me aferré con fuerza a su cuello - repitió ansiosa.

Había quedado sentada en la baranda del balcón. A pesar de eso, el Tano no parecía muy preocupado por el peligro que implicaba estar sentada en la baranda finita que la protegía del vacío, sino todo lo contrario. Desde aquel nuevo y peligroso lugar continuó su interrogatorio, pero esta vez la carga sexual con la que venía excitado parecía haber recibido un baldazo de agua fría.

Una pregunta incómodamente extraña salió de la boca del Tano, atravesó por el sistema auditivo de Daniela, pero recién cuando su cerebro terminó de procesar la información, y consiguió entender lo que le había dicho, sintió que todo su cuerpo, en realidad todo su ser, estaba en alerta.

Estaba visiblemente asustaba, a tal nivel que el corazón una vez más parecía salírsele del pecho. Bombeaba sin control. La sangre corría por el pequeño cuerpo de una punta a la otra. Ese nivel de excitación no se debía a estar viviendo la experiencia más sexual o la más osada de su vida, por el contrario, todo lo que sentía eran señales de alarma.

- Todo mi ser estaba en alerta - repitió una y otra vez aquella idea - . Ninguna situación previa a ésta me había generado un miedo semejante.

En ese momento, Daniela no era la única que temblaba, yo también lo hacía y olvidándome de mi promesa previa, la miré con miedo y dije nerviosa:

- ¿Que te preguntó? -

- Si quería aprender a volar - contestó indiferente.

-¿Cómo? No entiendo - dije.

-Lo dijo con un horrible tono... - Daniela continuó sin escucharme. - Te diría satánico. Sí, ésa sería la mejor forma de describirlo. Me puso la piel de gallina. Fue con tan solo una simple pregunta, porque por un buen rato no volvió a decir nada más. Se limitó a mirarme.

Así de simple había sido para él. Con esa sola frase había conseguido la reacción que esperaba. Se regocijaba en silencio ante el olor a miedo que salía de cada poro de su víctima sentada de espaldas del vacío. Tal como él lo quería. Tal como lo había planeado.

- Era ya demasiado tarde cuando advertí que el mayor peligro no era siquiera el lugar en el que estaba sentada y en el que a duras penas lograba mantenerme apoyada, sino la persona que me acompañaba - expresó Daniela - y aunque quise bajarme de ahí, no podía salvo que él me lo permitiera. Estaba encerrada y él sabía perfectamente que no había forma de que me escapara -.

XIV

ENTENDÍ por primera vez en toda la tarde e incluso después de todos estos meses a su lado, la gravedad, lo terrible de la situación que estaba compartiendo conmigo.

No me sentí una afortunada por estar escuchando su historia. La historia de su silla que poco a poco comenzaba a develarse.

Para mis adentros me preguntaba si era posible creer lo que aquella chica de rulos alargados, me estaba contando. Daniela era una joven singular, divertida e inteligente, era imposible que todo aquello fuera parte de su fantasía.

Nunca había visto a Daniela sacar provecho de su situación, le molestaba que las personas la miraran con lástima... Entonces, ¿por qué habría de mentirme?

Sin embargo, lo que me estaba contando, las declaraciones que estaba haciendo distaban de ser consideradas un simple acontecimiento. Era sin dudas un extraño y grave delito. Mucho más complicado y rebuscado que una no tan piadosa mentira a su mamá. Mucho más grave aún que el hecho de haber consumido una droga prohibida.

- Le pedí que me bajara - decía Daniela que continuaba metida en el desarrollo de su historia mientras imitaba y movía las manos como volviendo a ese momento.

Pero él, mostrando una vez más aquellos dientes amarillos, contestó tranquilamente que no lo haría hasta que ella no contestara su pregunta.

- Miré de reojo y con espanto a la calle Pueyrredón iluminada, los autos que seguían su camino, algún que otro grito de peatones que paseaban por la noche divertidos. Todavía no era tarde, tal vez pasaba un poco la medianoche. Intenté ver adentro de mi casa, distinguir alguna silueta a quien poder alertar de mi extraña situación, del galope sin control de mi corazón, pero todo estaba demasiado oscuro y en silencio.

Tal vez mis amigas estarían también luchando contra sus lobos feroces o quizá alguna ya habría sucumbido al pecado. Temí que nadie llegara en mi ayuda -.

Cuando Daniela volvió los ojos hacia él, completamente resignada, no sabía si estaba bien tener tanto miedo. Por momentos dudaba de estar siendo realmente parte de esa situación. Hacía un gran esfuerzo por entender si aquello que la tenía como protagonista era parte de la realidad o estaba inmersa en una alucinante historia de ficción.

De lo único que estaba segura era que estaba aterrada.

-¿Acaso mis temores eran totalmente infundados? ¿Sería yo misma luchando con fantasmas internos y mi supuesto agresor me estaría observando sin entender nada? Mi cabeza me decía que aquellos ojos podían ser parte de una alucinación, pero mi corazón me advertía a gritos que, más que nunca, debía estar alerta.

Una tras otra las lágrimas comenzaron a caer por su mejilla. Yo seguía mirando directo al cuerpo inerte de mi amiga sentada en su silla. Daniela cargaba tanto dolor que lloraba delante de mí como una niña pequeña y desamparada. Lloraba frente al recuerdo de su historia, de su pasado que arrastraba en su presente.

-Todo pasó tan, pero tan rápido - dijo secándose apurada las mejillas empapadas.

- Pebeta - así fue como me llamó -. Te pregunté si querés aprender a volar. ¿Cuántas veces te lo tengo que preguntar?

El Tano volvió a repetir su pregunta pero esta vez con un tono más fuerte y prepotente.

Daniela vio que era de verdad, sus ojos realmente estaban inyectados. Explotaban en llamas.

Ella no estaba soñando y el Tano no estaba jugando. Todo estaba mal.

Lo sabía por sus extrañas preguntas. Él era el que estaba mal. Era como un diablo y ella estaba siendo su dulce pecado, formando parte de su destructiva historia de muerte. Un ser maligno que se estaba robando su alma dulce e ingenua. En aquella noche de pecado, Daniela iba a pagar caro su desliz inocente, aquella desobediencia de curiosidad adolescente.

Nuevamente balbuceé una palabra tras otra, sin poder ordenarlas, aunque Daniela fue capaz de entenderlas de todas formas.

-¿Que cómo lo supe? Lo leí claramente en sus ojos. En su sonrisa de mentira dibujada sobre su mirada de perversión. Pude verme fuerte en sus ojos oscuros penetrantes. Y por primera vez fui capaz de mirar profundo en el alma de alguien y ver con angustia escrito en su interior, mi destino.

Supe con certeza lo que él tenía preparado para mí.

¿Volar? - le dije - ¿Cómo quién? No entiendo tu pregunta - intentando de alguna forma persuadirlo con calma.

Y haciendo un gesto de ingenuidad el Tano me respondió:

-¿Como quién? Y bueno, eso lo decidís vos. Puede ser como un pájaro, de esos que cantan en estos árboles a la mañana - y señaló todos aquellos árboles que fueron testigos silenciosos -, incluso puede ser como alguna mariposa, de esas que andan por alguno de los parques donde se sienta la gente; tené en cuenta que ésas no vuelan más de un día. O mejor aún podés volar como la Mujer Maravilla. No seas cagona, y decidite por algo, lo que más te guste.

-No - dije -, no quiero ser como nadie, no tengo interés en aprender a volar - y fue la última vez que recuerdo haber intentado moverme. Lo hice despacio, buscando la forma de que se corriera y me hiciera un lugar para poder apoyar aunque sea uno de mis pies en el piso - .

-Me está matando esta posición - dije disimulando- ¿Me ayudas a bajar?

Pero el Tano no se movió, ni hizo un lugar para que Daniela pudiese bajar tan sólo un pie, en su lugar dijo:

-Tarde, pebeta. Ya te sacaste todos los tickets. Para el único lado que podes moverte es para atrás -.

Ésa era su idea y era realmente literal. Esa misma noche Daniela tendría que aprender a volar.

-En vano intenté sujetarme con mis manos de su ropa, de su espalda. Dejé de fingir que no tenía miedo y di rienda suelta a la desesperación que me invadía. Pero fue imposible. Él era tanto más fuerte que yo. Quitó sus manos de mi cola y me tomó del tobillo; lo sujetó con fuerza -.

Daniela comenzó a gritar con todas sus fuerzas, pero seguramente el miedo que sentía le impedía a su garganta emitir un solo sonido. Se daba cuenta que con cada alarido, sólo había más vacío.

Nadie se acercó al balcón en su ayuda. Sólo estaban ellos dos y el destino que le mostraba a Daniela el peor de los desenlaces.

-Sólo recuerdo que en nuestra lucha olía a odio, a perversión, olí el goce que él experimentaba en el daño que estaba por causar. También recuerdo su cara, su pelo sucio, su aliento amargo, su risa burlona, sus ojos en llamas, su mano tapándome la boca, y la otra haciendo fuerza contra mi pierna -.

Daniela frenó en seco y dio rienda suelta a su llanto desolado y amargo.

Yo vi el dolor en el rostro de mi amiga, en la contractura de su espalda, en las lágrimas que brotaban a cántaros de sus ojos.

-Yo volé impulsada por la fuerza que había provocado él sobre mis tobillos. Él me había dicho que iba a volar y lo cumplió - dijo sollozando.

-Volé por Avenida Pueyrredón. Volé los tres pisos. Volé los tres pisos más altos del universo.

Daniela no hablaba, gritaba, sacaba de su ser la bronca contenida, el desconsuelo. La mezcla de rabia e inmadurez que hoy la confinaban a esa silla.

-Yo caí... al vacío. El cumplió: yo volé -.

Tal como lo contaba, había pasado. Ella había volado un siglo, pero en cámara lenta. En las miles de imágenes que llenaron su cabeza. En el arrepentimiento por las culpas que caían una en una con ella.

Voló sobre los temas no resueltos de su vida, que por primera vez entendía que tendría que haberlos solucionado hacía tiempo.

Pensó que era el final y pidió perdón al cielo. Pensó en aquel Dios que su madre había querido transmitirle y a quien nunca había tenido tiempo para abrirle la puerta.

Pensó en su madre y creyó que era su final.

-Pero caí así - dijo haciendo como que su mano era ella y explicaba la posición de su cuerpo en la caída. - Mi cuerpo entero giró para hacia atrás.

Hizo un breve silencio sollozando, pero haciendo un esfuerzo continuó:

-Hice una mortal en el aire. No tuve siquiera la necesidad de poner las manos para no estrellar la cara contra el piso. No tuve la suerte de hacerme añicos la nuca contra el pavimento, ni de que un auto me pasara por encima -.

Daniela repetía sin parar:

-Todo salió mal, todo salió mal - sonaba como una frase estudiada, la repetía una y otra vez sin parar de llorar.

-Todo salió mal, hasta mi momento de muerte salió mal: caí literalmente parada. Destruí cada hueso de mi pie y de mis tobillos, mis piernas, mis rodillas hasta la cadera. De la cintura para abajo era un muñeco de trapo. Sé que estuve consciente un par de segundos porque todavía tengo pesadillas a causa del dolor y luego ¡chau! Sentí que era historia y pensé: esto se siente cuando uno se muere -.

Aquella sensación de muerte continuó hasta que nuevamente un dolor insoportable se apoderó de su cuerpo. Tenía entendido que en la muerte no había ningún tipo de sentir corporal. Fue entonces cuando con resignación, advirtió que no había muerto. Que pagaría en vida las consecuencias de sus actos.

Lamentablemente, el Tano había cumplido con su palabra: Daniela había volado, y lo que era más triste aún es que había sobrevivido a la caída.

-Volé sobre la Ciudad de Buenos Aires, con la dicha de sobrevivir para hoy estar acá contándotelo a vos. Para poder mirar a la cara a mi madre y pedirle perdón. Para tener que explicar que en realidad no estoy segura qué fue realmente lo que pasó. Para ver la traición de mis amigas que no volvieron a verme. Para sentir el dedo acusador de la gente que me rodeaba y que abandonaba a mi madre. Ver que la acusaban de irresponsable y libertina. Escuchar a muchos decir que yo era una drogadicta. Darle la posibilidad a mi viejo de pararse frente a mí y tener el descaro de gritarme en la cara que para él su hija había muerto en la caída. Para ver a mi madre llorar a mi lado en una habitación de hospital sin siquiera entender, pero lo que es peor aún, sin enojarse. Y además, para quedarme sola con mi silla.

XV

CUANDO mi nariz me impidió seguir respirando, me di cuenta que yo también lloraba sin consuelo. Era imposible evitar las cataratas que corrían de mis ojos. En algún momento en medio de su cuento, me había puesto de rodillas frente a ella y tenía mis manos sujetando sus piernas muertas.

En vano intenté calmar la angustia que incrementaba mi llanto, mientras que Daniela repetía una y otra vez sin cansancio:

- Yo volé, yo volé -.

No puedo decir cuánto tiempo pasó, pero sentí su mano revolviendo mis pelos. Tomé coraje y miré a Daniela y, al cruzarse nuestras miradas, ella repitió nuevamente la misma frase:

-Volé los tres pisos más largos del mundo y en vez de estar en los récords Guinnes como una de las boludas más grandes de la historia después de ese gran logro, me escondo en esta habitación que es tan negra como lo es mi alma desde entonces. Todo negro como la ropa que vestía él la única noche que lo vi. Tan negra como la mochila de dolor que cargué en la espalda de mi vieja. Tan oscura como la necesidad de libertad que añoro y maldigo. Él fue un ángel que me dio alas, pero no fue capaz de darme un nombre real. Hoy para mí el Tano es nadie, es la nada; es la perversa representación de esas personas que llegan a tu vida para hacer daño e incluso cuanto más daño causan más difícil es dejarlas. Te lo digo yo, que no pasa un solo día sin que apoye la cabeza en mi almohada y recuerde la cara del hombre que me enseñó a volar -.

No salieron palabras de mi boca, no supe qué decirle, sabía que no habría consuelo, no había nada que hacer por ella. Sin embargo Daniela agregó:

-Cada individuo es libre y responsable de sus actos. El significado de mi vida está determinado por mis actos y mis elecciones. No llores, pebeta -. Y me dejó una frase cosida para siempre con alambres en el alma...

XVI

DANIELA y yo aprobamos el trabajo. La "nerd" y la lisiada una vez más sobresalían del resto de la clase. Aquel último día, empujé su silla como tantas otras veces hasta la calle. Afuera comenzaba a oscurecer, me senté en el escalón al lado de mi compañera, casi a su misma altura. Hablamos sobre temas poco relevantes y nos reímos juntas un rato más.

De repente Daniela hizo una señal a mis espaldas y cambiando de seco la conversación que veníamos teniendo preguntó:

- ¿Aquel no es tu colectivo?

Miré a lo lejos y asentí.

-Dale andá, que no se te haga tarde, mi mamá ya debe estar por llegar.

Me agaché hacia ella para darle un abrazo, con la promesa de seguir en contacto. Ella sonreía convencida que así sería.

Subí al colectivo y todavía en el semáforo, volví la vista atrás. Daniela seguía allí, sentada sola en su silla.

Nunca había visto a su madre, ni siquiera durante nuestro encuentro en su casa. Sentí un hueco en el estómago. El mismo sentimiento angustioso que me había invadido el día que la conocí. Daniela estaba sola, muy sola.

Yo no volvería a llamarla, ni ella tampoco a mí. A veces los caminos de Buenos Aires me llevan hasta la puerta de su casa. A veces me paro en los escalones de la entrada del edificio donde alguna vez la visité. Donde me contó una historia que cambió mi vida para siempre. Donde la admiración que había sentido al conocerla, también se había estrellado contra el piso. No fue sino aquel espantoso sentimiento de lástima el que predominó después de todo.

No la volví a ver, pero sus palabras quedaron para siempre marcadas hondo en mi alma: Daniela tuvo tanto miedo de volar, que se olvidó de caminar.

www.ingramcontent.com/pod-product-compliance
Lightning Source LLC
Chambersburg PA
CBHW071327130626
46556CB00004B/1784